¿Te encanta tu mascota?

¿Amas a los animalitos adorables y cariñosos?

Para los pequeños que quieren ser doctores y enfermeras

Este libro es lo mejor y la doctora Kitty Cat es increíble. Viviana, 7 años.

Ideal para fans de Holly Webb*

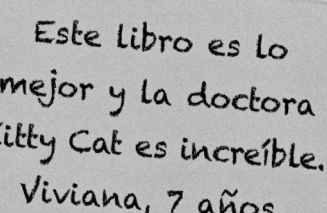

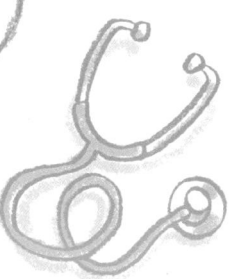

*Holly Webb: autora británica de libros infantiles.

"¡Me gusta el ayudante de la doctora Kitty Cat porque a mí también me encanta ayudar y su nombre es divertido porque se llama Cacahuate!"
Frankie, 5 años

"Los dibujos me parecen muy divertidos porque son animales de verdad con cuerpos de mentiras."
Harriet, 7 años

Nota de la autora: Jane dice...

"A Minnie, nuestra gatita, le encanta acostare patas arriba en el piso, meterse con sus garras por debajo del sofá y salir del otro lado.
Destrozó tanto la tela que se quedó atorada en ella y tuvimos que cortar los pedazos para liberarla."

¡Es el día del concurso de panecillos y la doctora Kitty Cat y Cacahuate son jueces! Pero cuando se encuentran afuera de la tienda de campaña con la señora Avellana ella se ve muy preocupada. ¿Qué estará pasando adentro?
¡Tendrás que leer la historia para averiguar!

Para Minerva (Minnie) la gata — J.C.

Título original: *Dr. Kitty Cat is ready to rescue, Daisy the Kitten*
Editor original: Oxford University Press

Doctora Kitty Cat al rescate, Daisy la gatita
ISBN: 978-607-7481-31-7
1ª edición: mayo de 2018

© 2015 *by* Jane Clark and Oxford University Press
© 2015 de las ilustraciones *by* Oxford University Press
© 2018 de la traducción *by* Valeria Le Duc
© 2018 *by* Ediciones Urano, S. A. U.
Aribau, 142 pral. 08036 Barcelona.

Ediciones Urano México, S. A. de C. V.
Av. Insurgentes Sur 1722, piso 3, Col. Florida,
Ciudad de México, C. P. 01030, México.
www.uranitolibros.com
uranitomexico@edicionesurano.com

Diseño Gráfico de cubierta: Richard Byrne.
Fotografías de cubierta: Tony Campbell, Kuttelvaserova Stuchelova,
Bartkowski/Shutterstock.com
Diseño gráfico de interiores: Dynamo.
Fotografías de animales: Shutterstock.
Agradecimiento a Christopher Tancock por la asesoría de primeros auxilios.

Impreso en Litográfica Ingramex S. A. de C. V.
Centeno 162-1, Col. Granjas Esmeralda,
Ciudad de México, C. P. 09810, México.
Impreso en México – *Printed in Mexico*

Dra. Kitty Cat

¡al rescate!

Daisy la Gatita

Jane Clarke

Uranito

URANITO EDITORES
ARGENTINA - CHILE - COLOMBIA - ESPAÑA
ESTADOS UNIDOS - MÉXICO - PERÚ - URUGUAY - VENEZUELA

Capítulo Uno

El ratón Cacahuate empujó una sillita de dentista hasta el centro de la clínica de la doctora Kitty Cat.

"Hay mucho qué hacer en el día de las sonrisas brillantes", rechinó al mismo tiempo que ponía una cortina portátil al rededor de la silla. "Y también es el festival de Pueblito alegre. Que no se me olvide que somos jueces del concurso de panecillos a las tres."

"¡Ya quiero probar todos los panecillos!" maulló la doctora Kitty Cat. Puso con mucho cuidado una larga hilera de instrumentos delgados y brillantes sobre su escritorio.

"Espejos dentales, pinzas y sondas…" murmuró. "Estamos listos."

Cacahuate correteó hacia la puerta y la abrió. Muchos animalitos formaban una larga fila afuera.

"Pasen todos", les dijo. La doctora Kitty Cat está lista para revisar todas sus brillantes sonrisas." Cacahuate abrió una libreta que decía 'Primeros auxilios peludos' en la cubierta. En ella, la doctora Kitty Cat apuntaba todas las notas médicas y dentales de los pequeños

animales de Pueblito alegre. "¿Quién
entra primero?" preguntó.

Un pequeño puercoespín pasó
al frente. Sus orejitas se movían
nerviosamente.

"Yo" dijo en voz baja.

"Sígueme…" Cacahuate lo llevó detrás de la cortina.

El puercoespín dio un pequeño chillido cuando vio la silla del dentista.

"No hay nada que temer", maulló la doctora Kitty Cat."Estás a salvo en nuestras garritas."

Cacahuate abrió la libreta de 'Primeros auxilios peludos' y pasó de prisa muchas hojas. "Es la primera vez que Zarzamora viene a las sonrisas brillantes," le dijo a la doctora Kitty Cat, mientras el pequeño se subía con dificultad a la silla del dentista.

"Todo lo que tienes que hacer
es abrir tu boca muy grande," le dijo
Cacahuate al mismo tiempo que ponía un
babero debajo de la barbilla de Zarzamora.

Éste miró de reojo la fila de instrumentos brillantes y apretó el hocico lo más fuerte que pudo. Sus bigotes empezaron a temblar.

"Ahora tienes que abrir la boca," le dijo amablemente Cacahuate.

Zarzamora movió con energía su cabeza y se enrolló en una espinosa pelota.

"¿Así cómo vamos a poder revisar los dientes de Zarzamora?" preguntó preocupado Cacahuate.

"Descuida, Cacahuate," maulló tranquilamente

la doctora Kitty Cat. A algunos animalitos les toma un poco de tiempo acostumbrarse a la idea de venir a nuestra clínica de las sonrisas brillantes para que les revisen los dientes regularmente. No queremos apresurar las cosas y asustarlos." Y luego, le dijo al pequeño puercoespín. "No importa si nos toma más de una visita para que podamos revisar tus dientes, Zarzamora," dijo para tranquilizarlo. No es ninguna emergencia. No tienes que abrir tu boca si no quieres."

Zarzamora lentamente se fue desenrollando y sacó la nariz.

Cacahuate estaba contento al ver que sus bigotes habían dejado de temblar. Zarzamora sonrió con una tímida sonrisa

que dejaba asomar un poco sus dientes
de enfrente.

La doctora Kitty Cat tomó un
pequeño espejo con un mango muy largo
y delgado que estaba entre todos sus

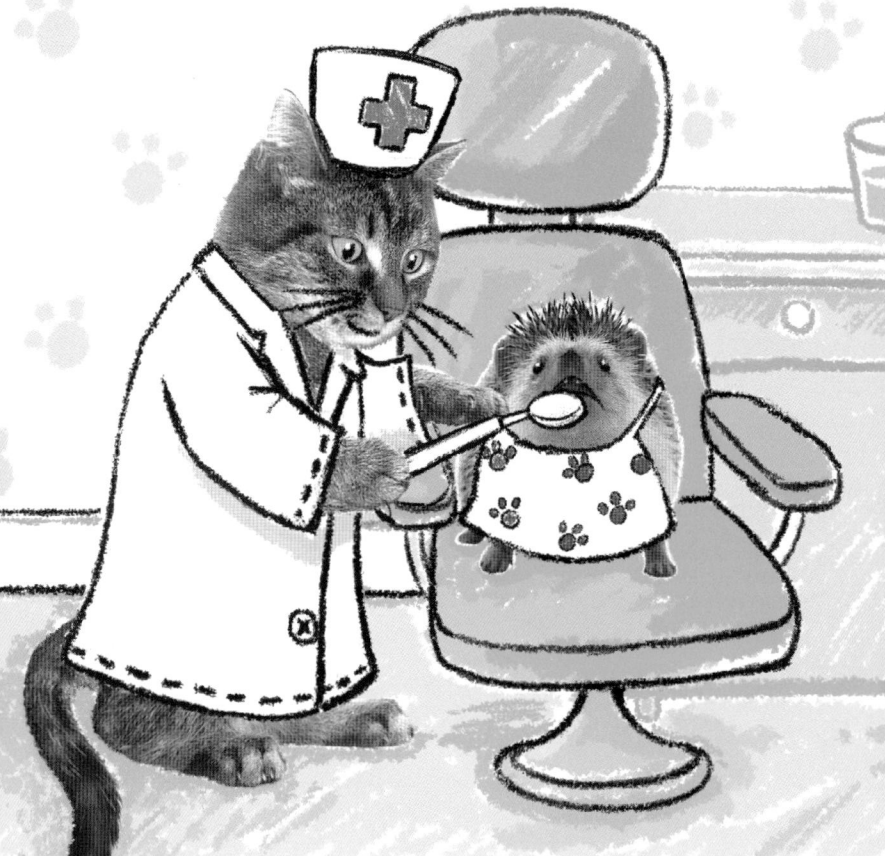

instrumentos. Se lo enseñó al pequeño y nervioso puercoespín.

¡Fui un paciente perrrr-fecto de la doctora Kitty Cat!

"Tienes unos dientes muy bonitos," ronroneó "y quiero que sigan estando así. La próxima vez, ¿crees que puedas abrir la boca más grande para que yo pueda meter este espejo y verla por dentro?"

"¡Sí!" Le prometió Zarzamora, y bajó de la silla con cuidado. "¿Me gané un premio?" preguntó con ansias.

"Claro que sí" ronroneó la doctora Kitty Cat. Le dio al pequeño una calcomanía que decía: ¡Fui un paciente perrrr-fecto para la doctora Kitty Cat!

Cacahuate asomó la cabeza por detrás de la cortina.

"¡El que sigue!" los llamó.

Un pequeño y esponjoso gatito escaló arriba de la silla del dentista y abrió el hocico muy grande, enseñando todos sus afilados dientes de leche. Cacahuate revisó su libreta.

"Esta es la segunda visita de Daisy a la clínica de sonrisas brillantes, así es que ya sabe lo que tiene que hacer," dijo entre risitas.

Cacahuate le pasó el espejo esterilizado y la doctora Kitty Cat revisó cuidadosamente todas las superficies de cada uno de los dientes de Daisy. Luego tomó un instrumento largo y delgado que tenía un pequeño gancho en la punta y lo metió con mucho cuidado entre cada diente.

"Daisy, tus dientes son perrrr-fecto. Ya puedes enjuagarte," dijo sonriente la doctora Kitty Cat.

"Tu boca está muy sana. No falta mucho para que te salgan tus dientes de gatita grande. Uno de tus dientes ya está flojo y muy pronto se te va a caer," continuó. "Tus dientes nuevos serán mucho más grandes, en especial los largos y picudos de los lados. Esos se llaman colmillos."

"Tus dientes de gatita grande van a ser como los de la doctora Kitty Cat," le dijo Cacahuate.

"Qué bien, porque cuando yo sea grande, quiero ser como la doctora Kitty Cat," dijo Daisy con una gran sonrisa, tomó su calcomanía y se bajó de la silla con un pequeño salto.

"¡Canela!" gritó Daisy, es tu turno, te espero.

Una pequeña cerdita se trepó a la silla del dentista.

"Me duelen las encías," dijo Canela. "Siento como si tuviera algo atorado".

"Veremos de qué se trata, la tranquilizó la doctora Kitty Cat. Le puso el babero debajo de la barbilla y sacó unas largas pinzas.

"Tenías una semilla atorada entre tus dientes y tus encías," dijo la doctora Kitty Cat, al mismo tiempo que se la enseñaba a Canela. "Seguramente no se salió cuando te lavaste los dientes. Cacahuate va a ensañarte cómo debes lavarlos correctamente."

Cacahuate tomó un cepillo de dientes. "No lo hagas solo de arriba a abajo. También tienes que hacer pequeños círculos así," le dijo mientras le enseñaba el movimiento.

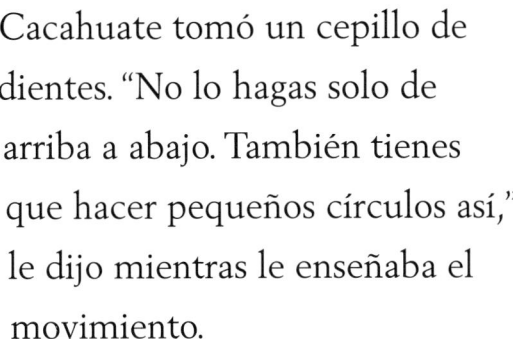

"Es muy importante que todos lavemos nuestros dientes cuidadosamente todos los días," le dijo la doctora Kitty Cat a Canela.

"Especialmente hoy," dijo Cacahuate con una risita, y le dio a Canela su calcomanía. "Todos vamos a comer muchos dulces esta tarde en el concurso de panecillos."

"¿Sabían que todos los participantes tiene que hacer seis panecillos?" Les dijo

Canela con emoción mientras bajaba de la silla. Yo voy a hacer panecillos de semillas con una cereza encima."

"Qué rico", murmuró Cacahuate.

"Y yo voy a hacer panecillos de caramelo con glaseado de mantequilla", maulló Daisy desde el otro lado de la cortina.

"Delicioso", ronroneó la doctora Kitty Cat.

"Yo les voy a poner muchas chispas de colores, dijo Bono la perrita.

"Y yo les voy a poner caritas sonrientes a los míos," aulló Cebollín el pequeño zorro.

Cacahuate sacó la cabeza por la cortina.

"¡Quiero probar todos sus panecillos!" dijo como emoción. "Ahora veamos, Cebollín, ¿es tu turno?"

Para la hora de la comida, los dientes de todos los animalitos habían sido revisados.

Cacahuate empezó a esterilizar todos los instrumentos dentales que la doctora Kitty Cat había usado para poder guardarlos.

"¿Vas a necesitar alguno de estos instrumentos antes del próximo día de las sonrisas brillantes?" le preguntó.

La doctora Kitty Cat abrió su bolso de flores y revisó lo que contenía. "tijeras, jeringa, medicinas, pomadas, parches fríos, gel para limpiar las patas, gel para la boca, toallas húmedas. Estetoscopio, oftalmoscopio, termómetro, pinzas, vendas, gasa, yeso, pastillas de menta, calcomanías de premio, mi tejido… ese largo espejo dental sería algo muy útil para mi bolso", le dijo a Cacahuate. Es muy bueno para examinar las hocicos de mis pacientes. Y creo que también

debemos poner la linterna quirúrgica."

Cacahuate se la pasó justo en el momento en que el viejo teléfono empezó a sonar.

Cacahuate corrió hacia él, pero antes de que pudiera contestar la llamada, la doctora Kitty Cat estiró una pata y levantó la bocina. Aguzó sus orejas peludas y escuchó cuidadosamente la llamada. El corazón de Cacahuate

¡Brring!
¡Brring!

empezó a latir con fuerza. ¿Quién necesitaría de su ayuda esta vez?

"¡Llegaremos en un maullido!" exclamó la doctora Kitty Cat. Tomó su floreado bolso de doctor.

"¡Es Daisy!" Le dijo la doctora Kitty Cat a Cacahuate. "Se lastimó en el concurso de panecillos. Así es que tenemos que irnos más pronto de lo que pensábamos."

Capítulo Dos

"Pobre de la pequeña Daisy" rechinó Cacahuate. "¡Espero que no sea nada grave!" tomó la libreta de 'Primeros auxilios peludos' y se fue corriendo detrás de la doctora Kitty Cat.

La gati-ambulancia estaba estacionada en el lugar de siempre al lado de la clínica. Cacahuate abrió la floreada puerta, se trepó al asiento del pasajero y acomodó su colita.

La doctora Kitty Cat puso su floreado bolso de doctor en el asiento de adelante junto a él y se subió al lado. Se aseguró de que su esponjada cola no estuviera colgando hacia fuera y cerró la puerta. Cacahuate volteó a verla mientras los dos se ponían sus cinturones de seguridad.

"¡Al rescate!" maulló la doctora Kitty Cat. Tomó el volante con sus pequeñas garras y encendió el motor.

"¡Al rescate!" rechinó Cacahuate, y picó el botón del tablero para encender la sirena.

¡Nee-nah! ¡Nee-nah! ¡Nee-nah!

La gati-ambulancia iba a toda velocidad por Pueblito alegre.

Cacahuate se agarró con fuerza al tablero cuando la gati-ambulancia pasó tronando y retumbando por el puente de madera. Las ruedas chillaron cuando dieron vuelta en La curva del estanque y pasaron a toda marcha por el camino de tierra. Cacahuate soltó un nervioso rechinido y trató de evitar que sus bigotes temblaran. Cacahuate, no temas, se dijo a sí mismo, la doctora Kitty Cat maneja velozmente, pero

siempre lo hace con cuidado. Más
rápido de lo que canta un gallo habían
llegado a la pradera. Con un brusco
enfrenón, la doctora Kitty Cat detuvo
la gati-ambulancia al lado de un
gran letrero que decía, 'Bienvenidos al
festival de Pueblito alegre'. Cacahuate
suspiró con alivio cuando apagó la
sirena y saltó afuera.

    El campo del festival estaba lleno
de coloridas carpas y tiendas de campaña.

Cacahuate leyó cuidadosamente los letreros. 'Cuenta cuentos, cerámica, música, baile, tejido… "hay algo diferente en cada una de las carpas", rechinó. "¿En dónde será el concurso de panecillos?"

La doctora Kitty Cat señaló hacia una gran tienda de campaña al fondo del campo. Había dos carteles, cada uno con la imagen de un panecillo y un listón con brillantes banderines de colores que ondeaban con el suave viento sobre la tienda.

"Es en donde está ese letrero", dijo la doctora Kitty Cat, al mismo tiempo que caminaba hacia allí. "Así es que allí es donde debe estar Daisy…"

La Señora Avellana los recibió a la entrada. "Qué gusto me da que hayan llegado," dijo.

Dentro de la tienda de campaña, uno grupo de pequeños animales vestidos con delantales y gorros de chef estaba reunido al rededor de lo que parecía ser una pequeña y esponjosa bola de pelo. Era Daisy. La pequeña gatita estaba hecha bolita en el piso de madera junto a una de las mesas para cocinar. Lloraba como si el corazón se le fuera a romper.

La doctora Kitty Cat y Cacahuate fueron hacia ella a toda prisa. La doctora Kitty Cat puso su floreado bolso de doctor al lado de la esponjosa gatita.

"Ya estamos aquí, Daisy", ronroneó. "Cuéntanos qué te pasa".

La nariz de Daisy estaba cubierta de harina y las lágrimas corrían por sus peludas mejillas. Señaló con su patita hacia el mostrador cubierto de harina. Siete panecillos estaban enfriándose en una charola en medio de un tiradero de cucharas, ollas mezcladoras y moldes para hornear.

"Tengo que decorar mis panecillos", gimió Daisy. "Pero no puedo hacerlo, me duele mucho."

"Te vamos a curar en cuanto sepamos qué es lo que te pasa," la tranquilizó la Doctora Kitty Cat.

La doctora Kitty Cat volteó a mirar a la Señora Avellana y a los demás animales con una sonrisa. "Daisy está a salvo en nuestras patas," les aseguró. "Por favor continúen haciendo sus panecillos mientras la ayudamos."

Cacahuate se acercó a Daisy. "A ver, Daisy," rechinó. "Nos platicaste de tus panecillos, pero lo que la Doctora Kitty Cat necesita saber es exactamente en dónde te duele…"

Capítulo Tres

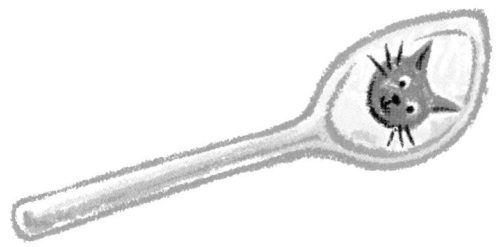

La pequeña gatita miró a Cacahuate y a la doctora Kitty Cat y parpadeó con sus ojitos llenos de lágrimas.

"Es mi hocico", sollozó. "Me duele mucho".

"¿Tu hocico?" rechinó Cacahuate. "Tu hocico estaba muy bien hace unas horas en la clínica de las sonrisas brillantes."

"Hasta la doctora Kitty Cat dijo que estaba muy saludable." Una imagen de la doctora Kitty Cat sosteniendo un instrumento dental con un picudo gancho en la punta apareció en la mente de Cacahuate. ¿Acaso la doctora Kitty Cat habría lastimado accidentalmente

la boca de Daisy con uno de sus
instrumentos?

¡Eek! Cacahuate dio un pequeño grito.

La doctora Kitty Cat lo miró con
curiosidad. "¿Sucede algo malo, Cacahuate?"
preguntó. "No tendrás miedo, ¿o sí?"

"No, no pasa nada malo," rechinó
Cacahuate. Respiró profundamente. Claro

que la doctora Kitty Cat no lastimó a Daisy, se dijo a sí mismo. Está muy bien entrenada y siempre es cuidadosa y amable. La doctora Kitty Cat abrió su bolso de flores y sacó el pequeño espejo en la punta de largo y delgado instrumento.

"Quiero que abras muy grande tu boca," le dijo a Daisy, "como lo hiciste esta mañana en la clínica de las sonrisas brillantes."

"No puedo", suspiró Daisy. "Me duele demasiado, murmuró con los dientes apretados. "Escuché que le dijiste a Zarzamoras que no tenía que abrir su boca si no quería. Bueno, ¡pues esta mañana yo sí quería, pero ahorita no quiero!"

"Pero solo puedo saber qué te pasa y curarte si me dejas ver adentro de tu boca," le explicó la doctora Kitty Cat. "Te prometo que tendré mucho cuidado de no lastimarte. ¿Crees que podrías tratar de abrirla aunque sea un poco?"

Daisy parpadeó con sus ojos llenos de lagrimas y movió con desgano su cabecita para decir que sí.

"Eres una gatita muy valiente," ronroneó la doctora Kitty Cat mientras Daisy abría lentamente su hocico.

"¿Puedes ver qué tiene?" preguntó ansiosamente Cacahuate.

"No puedo ver casi nada," maulló la doctora Kitty Cat. "Necesito un poco más de luz".

Cacahuate buscó en el bolso de la doctora Kitty Cat y sacó la lámpara quirúrgica. Le ayudó a ponérsela y vio cómo examinaba con mucho cuidado el interior del hocico de Daisy con el espejo dental.

"No veo nada malo y no está inflamado," dijo la doctora Kitty Cat para calmar a la gatita. "Pero tu lengua y tus encías están muy rosadas." Se quitó la lámpara quirúrgica y se la pasó a Cacahuate para que la guardara en el bolso.

"¡Me duele mucho!" maulló Daisy.

Cacahuate se puso a revisar la libreta de 'Primeros auxilios peludos'.

"¿Se le habrá atorado algo a Daisy entre los dientes y las encías, como la semilla que le quitaste a Canela esta mañana?" preguntó.

"Revisé y no hay nada atorado," le respondió la doctora Kitty Cat. "Los dientes de Daisy no están tan limpios como antes. De hecho, están cubiertos con migajas de pastel, pero el pastel no hace que le duela la boca…"

"¿Tiene algún otro síntoma? preguntó Cacahuate. La doctora Kitty Cat observó a Daisy con mucho cuidado.

"Sus ojos están claros y brillantes, sus oídos están limpios y su pelaje está suave y sedoso," murmuró la doctora Kitty Cat. "No se ve que esté enferma."

"¿Te duele la garganta, Daisy?" le preguntó.

Daisy negó con la cabeza.

"¿Tienes dolor de cabeza o te duele la panza?"

Una vez más, Daisy negó con la cabeza.

"¿Te duele alguna otra parte, aunque sea un poquito?" preguntó la doctora Kitty Cat.

Daisy hizo una pausa antes de hablar. "Hace poco me dolían las patitas", maulló, "pero ya están mejor ahora." Estiró sus patitas delanteras para que la doctora Kitty Cat pudiera verlas.

"Mmm," murmuró la doctora Kitty Cat. Los cojines de tus patitas están un poco rosados."

"¡Eek!" Cacahuate soltó un pequeño grito de alarma."¿No será sarampatitas?" hace poco hubo epidemia en Pueblito alegre, pero no había habido nuevos casos en mucho tiempo.

"No puede ser sarampatitas," dijo tranquilamente la doctora Kitty Cat. "Daisy ya lo tuvo, ¿te acuerdas?"

"Claro, y no puede darte más de una vez," suspiró con alivio Cacahuate.

"Hay una enfermedad extraña que se llama manos, patas y boca que hace que las patitas y el hocico se pongan rosas," dijo pensativa la doctora Kitty Cat.

Cacahuate soltó otro ¡Eek! No debo preocupar a la paciente, se dijo a él mismo.

"Es una enfermedad muy ligera," dijo la doctora Kitty Cat para tranquilizarla. "Tan suave que a veces no la detectamos. Hace que la temperatura del paciente suba y que las patitas y el hocico se pongan rosas. Voy a ver si Daisy tiene fiebre…"

Cacahuate sacó el termómetro del bolso de la doctora Kitty Cat y le puso una nueva tapa limpia antes de dárselo.

"Solo te voy a poner esto en el oído y lo voy a sostener allí hasta que suene el timbre," le dijo a Daisy.

¡Beep, beep, beep!

La doctora Kitty Cat examinó el termómetro.

"La temperatura de Daisy es absolutamente normal para una gatita," declaró la doctora Kitty Cat. Así es que no tiene manos, patas y boca."

Entonces, ¿qué es lo que tiene Daisy? Se preguntó Cacahuate. Miró a

su alrededor y vio a los demás animales
que estaban muy ocupados haciendo y
decorando sus panecillos. La mayoría está
haciendo ocho panecillos aunque solo
participan seis en la competencia, pensó.

Debe ser en caso de que uno o dos de los panecillos quede mal y tengan que tirarlos…

"¡Oh!" rechinó Cacahuate. "¡Creo que ya sé qué es lo que sucede!"

Capítulo Cuatro

"¿Cuantos panecillos hiciste?" Cacahuate le preguntó a Daisy amablemente.

"Ocho." Daisy resopló un poco. "¡Todos quedaron perrrr-fecto!"

"¿Te pusiste tus guantes para sacarlos del horno?" le preguntó luego Cacahuate.

"¡Sí!" maulló Daisy. "Esa es una de las reglas. Hay muchas reglas." Cacahuate

asintió muy pensativo. Miró al suelo. En un lugar había un pequeño montón de migajas.

"¿Alguno de tus panecillos se cayó al piso?" rechinó Cacahuate.

Daisy afirmó con la cabeza.

"¿Te quitaste los guantes para levantarlo?" continuó Cacahuate.

"Sí", resopló Daisy.

Cacahuate volteó con la doctora Kitty Cat. "Eso explica por qué están rosadas las patitas de Daisy," murmuró.

La doctora Kitty Cat afirmó.

"¿Estaba muy caliente todavía ese octavo panecillo cuando lo probaste, Daisy?" le preguntó Cacahuate a la pequeña gatita.

"¡Sí!" chilló Daisy. "Le soplé, pero los trocitos de caramelo que tenía dentro todavía estaban muy calientes," dijo muy bajito.

"Eso lo explica todo," suspiró Cacahuate. "Quemaste tu hocico y tus

patas cuanto levantaste y te comiste
ese panecillo que aún estaba muy
caliente. ¿Por qué no nos lo dijiste
desde el principio?"

Daisy bajó la cabeza. "Porque no
debíamos de comernos ningún panecillo
que cayera al suelo," dijo lamentándose.

"Teníamos que tirarlos a la basura. "¡Y yo no quería meterme en problemas!"

"La Señora Avellana está demasiado ocupada como para regañarte," le dijo Cacahuate para tranquilizarla.

La doctora Kitty Cat sonrió. "Resolviste todo como un detective, Cacahuate. Estoy muy orgullosa de ti."

Yo también estoy muy orgulloso de mí mismo, pensó Cacahuate.

"Ahora que sabemos lo que te pasa, podemos curarte, Daisy," maulló la doctora Kitty Cat.

"Tus quemaduras no son muy graves. Debiste meter tus patitas en agua fría en el instante en que sentiste la quemadura, pero no importa. Tus patitas ya están sanando solas, y la piel no está abierta, así es que no necesitas ningún tratamiento…"

"¿Pero qué hay de tu boca?" Daisy lloró. "¡Todavía me duele!"

"Puedo curarte eso en seguida," la doctora Kitty Cat abrió su florido bolso de doctor y sacó un pequeño tubo.

"Este es un gel calmante que hará efecto rápidamente." La doctora

Kitty Cat puso una pequeña cantidad del gel en la patita de Daisy y le dijo que se la pusiera con cuidado sobre su lengua y sus encías.

"Mmm" murmuró Daisy. "Se siente muy fresco y sabe un poco a menta, como pasta de dientes."

Dio un pequeño ronroneo. "Ya me siento mucho mejor. ¡Ya puedo seguir haciendo el betún de mantequilla para decorar mis panecillos!"

Daisy vació azúcar glas en un traste y le agregó un gran trozo de mantequilla.

"Tendrás que ponerte un poco más de gel en tu lengua y en tus encías en una hora, más o menos," le aconsejó la doctora Kitty Cat. Puso de nuevo la tapa en el tubo de gel y se lo entregó a Daisy.

"¡Gracias!" Daisy metió el tubo de gel en la bolsa de su delantal. Cacahuate no pudo evitar sonreír al ver a la gatita

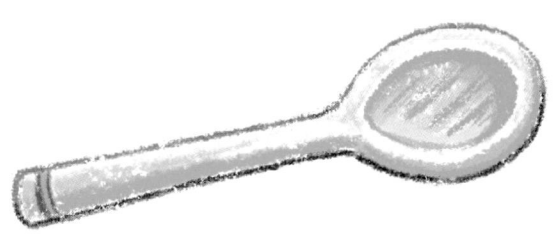

que sostenía una enorme cuchara de madera entre sus pequeñas patas y mezclaba el betún de mantequilla. Una nube de polvo de azúcar voló en el aire.

¡*Ak… aak*! escupió Daisy.

¡*Yip*! Se escuchó un ruidito de sorpresa que venía del mostrador junto al de la gatita. Cacahuate pudo ver cómo Cebollín casi soltaba la charola de panecillos humeantes mientras la sacaba del horno.

"¡Me asustaste, Daisy!" refunfuñó el cachorro de zorro al mismo tiempo que pasaba sus panecillos a la rejilla para enfriarlos y se quitaba los guantes.

"Lo siento, Cebollín," maulló Daisy.

"Es que se me metió un poco de azúcar a la nariz. Me alegra mucho que no te hayas quemado. ¡Las quemaduras duelen mucho!"

"Eso estuvo a punto de ser un feo accidente," murmuró Cacahuate a la doctora Kitty Cat.

"Allí hay otro accidente a punto de ocurrir…" señaló la doctora Kitty Cat hacia la siguiente mesa. Cacahuate miró hacia donde veía la doctora Kitty Cat. Lilly la perrita estaba cubierta de mezcla para panecillos de pies a cabeza y tenía la nariz casi pegada al cristal de la puerta de su horno.

Cacahuate fue corriendo hacia la pegajosa cachorra.

"¡Lilly, ten cuidado! Te puedes quemar la nariz," rechinó nerviosamente. "¡No tienes que vigilar los panecillos para que se horneen!"

Lilly dio un paso hacia atrás y movió la cola un poco avergonzada. Una gota de mezcla de panecillo salió volando y le cayó a Cacahuate en la oreja.

¡Splat!

La Señora Avellana llegó corriendo preocupada.

"Señora Avellana", maulló la doctora Kitty Cat. "Creo que Cacahuate y yo deberíamos quedarnos para asegurarnos de que Daisy estará bien y

en caso de que haya algún otro incidente con los panecillos calientes."

"¡Gracias!" exclamó la Señora Avellana. "Todavía falta un poco para que todos los panecillos estén terminados para el concurso y yo no puedo vigilarlos a todos."

"¡Estaremos listos para ir al rescate si nos necesita!" Le aseguró Cacahuate.

Capítulo Cinco

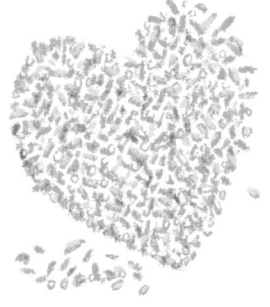

"Esta es la mesa de los jueces." La Señora Avellana llevó a Cacahuate y a la doctora Kitty Cat hacia una mesa redonda cubierta con un mantel de cuadros.

"Siéntanse como en su casa," les dijo mientras les acercaba dos sillas.

Cacahuate puso la libreta de 'Primeros auxilios peludos' sobre la mesa y empezó a escribir sus notas sobre Daisy.

La doctora Kitty Cat buscó en su bolso de flores y sacó su tejido.

"Este gorrito que te estoy haciendo se te va a ver muy bien, Cacahuate", ronroneó. "Le dejaré unos agujeros para tus orejitas…"

"Er… um… gracias, doctora Kitty Cat," masculló Cacahuate. No le gustaban los gorros tejidos, ¿pero cómo se lo podría decir sin lastimarla? Miró hacia arriba y vio la escena. Los animalitos habían terminado de hacer sus panecillos y estaban muy ocupados limpiando sus tiraderos con esponjas, toallas y trapeadores.

"¡Llegó la hora del concurso!" declaró al fin la Señora Avellana. "Daisy, tú vas primero."

Daisy llevó orgullosamente su platón de panecillos a la mesa y lo puso enfrente de Cacahuate y la doctora Kitty Cat.

"Hice panecillos de caramelo con betún de mantequilla," declaró.

Cacahuate sonrió. Había tanto betún de mantequilla sobre los panecillos de Daisy que más bien parecían conos de helado volteados de cabeza. Y la gatita parecía que la habían espolvoreado con azúcar de los pies a la cabeza.

Cacahuate tomó un panecillo y
le dio una mordida. Un gran trozo de
caramelo quedó en su boca.

"Mrrmm," masculló. "Creo que
se me pegaron los dientes."

La doctora Kitty Cat lamió el betún de mantequilla.

"¡Delicioso!" exclamó.

"Ahora es el turno de Canela", anunció la Señora Avellana. "Canela hizo panecillos de semillas con una cereza."

Cacahuate chupó el caramelo de sus dientes y le dio una gran mordida

a uno de los panecillos del conejillo
de indias.

"Este es justo mi tipo de panecillo,"
rechinó. "¡Yum!"

"Para mí están un poco secos," dijo
pensativamente la doctora Kitty Cat,
mientras e sacaba un pedazo de una
semilla que se había atorado entre sus
dientes. "Pero me han dado una idea. Si
le pongo una bolita roja en el gorro que
estoy tejiendo, ¡te verás justo como uno
de los panecillos de cereza de Canela
cuando te lo pongas!"

Cacahuate tembló solo de pensarlo.
"Creo que deberías darle ese gorro a
Canela," le sugirió rápidamente. "No me
importaría en absoluto."

"Esa es una maravillosa idea," maulló la doctora Kitty Cat.

Cacahuate soltó un suspiro de alivio y de pronto el siguiente concursante llegó a la mesa.

"Les puse muchas chispitas a mis panecillos," ladró Lilly.

"Ya veo." Cacahuate miró a la perrita pegajosa y se rió.

"También tienes muchas chispitas pegadas en tu pelaje."

"Los panecillos de Lilly se ven un poco desastrosos," comentó la doctora Kitty Cat. "Pero están muy ricos, ligeros y húmedos."

"También saben muy bien," masculló Cacahuate con la boca llena de migajas.

"No comas demasiado de cada panecillo," le advirtió la doctora Kitty Cat. "Todavía nos falta probar panecillos de otros cinco jóvenes cocineros…"

Al fin, Cacahuate y la doctora Kitty
Cat probaron todos los panecillos.
Panecillos con betún de mantequilla,
panecillos con chispas, otros con caritas
sonrientes, unos de semillas, panecillos
de crujientes nueces, panecillos con
figuras de mariposas hechas de fondant,
panecillos con forma de panal de abeja
y, por último, los panecillos de Rosy el
patito, hechos con chocolate blanco.

Cacahuate no sabía si quería volver
a ver un panecillo más en su vida.

"¿Quién crees que deba ser el ganador?" le preguntó la doctora Kitty Cat a Cacahuate.

"Es una decisión muy difícil," dijo Cacahuate. "Algunos se veían mejor de lo que sabían y otros estaban mucho más ricos de lo que se veían. Me gustó mucho el sabor de los de semillas y nueces."

"A mí me gustaron los de betún de mantequilla", río la doctora Kitty Cat. "Creo que lo más justo es declarar un empate."

"Esa es una brillante idea," rechinó Cacahuate.

La doctora Kitty Cat se puso de pie. "Todos hicieron unos panecillos muy buenos," declaró. "A Cacahuate y a mí nos ha parecido muy, pero muy difícil elegir a un ganador. Luego de comentarlo mucho entre los dos, hemos tomado una decisión. "Y el ganador es…" Hizo una pausa. Luego hubo silencio en el lugar. Cacahuate sonrió —todos los pequeños animales parecían aguantar la respiración…

"¡TODOS USTEDES!"

"¡Hurra!" Todos los animalitos saltaban de alegría mientras Cacahuate le daba a cada uno su medalla que decía "Ganador del concurso de panecillos".

"Y ahora", anunció la doctora Kitty Cat "¡llegó el momento de comernos todos los panecillos!"

El sonido de los animales masticando y mordisqueando llenó todo el lugar.

"¡Es hora de irse!" rechinó Cacahuate.

La doctora Kitty Cat tomó su bolso y lo puso sobre la mesa.

"Estaré lista en un maullido. Solo tengo que guardar mi tejido…" maulló.

Daisy se acercó a ellos. Le entregó a la doctora Kitty Cat un pequeño paquete envuelto en papel.

"Les guardé un panecillo a cada uno para agradecerles mucho por curarme hoy," les dijo.

"Gracias, Daisy," ronroneó la doctora Kitty Cat. "Los guardaremos

para después, ¿verdad, Cacahuate?"

Cacahuate asintió.

"Mi pancita está muy llena por ahora," rechinó.

La doctora Kitty Cat abrió su bolso y guardó su tejido y el regalo de Daisy.

"Estabas tan ocupada con la decoración de tus panecillos que olvidé darte tu calcomanía," le dijo a Daisy. "¿Quieres una?"

"¡Sí, por favor!" los ojos de Daisy se iluminaron cuando la doctora Kitty Cat le dio una calcomanía que decía: "¡Fui un paciente perrrr-fecto de la doctora Kitty Cat!"

¡Fui un paciente perrrr-fecto de la doctora Kitty Cat!

"Oh-oh", rechinó Cacahuate. "Creo que tenemos un paciente más."

Cebollín caminaba hacia su mesa con la colita entre las patas.

"Doctora Kitty Cat," dijo con un quejido, "comí muchos panecillos y me siento un poco mal."

"Tengo justo el remedio para eso."

La doctora Kitty Cat buscó dentro de su bolso y sacó una pequeña caja.

"Chupa estas pastillas de hierbabuena," le dijo a Cebollín. "Eso calmará tu pancita en menos de lo que te imaginas."

"Gracias", aulló Cebollín.

"¿Me pueden dar una calcomanía como la de Daisy, por favor?"

"¡Claro que sí! dijo la doctora Kitty Cat, y le dio una a la perrita.

Pronto había una fila de animalitos que pedían las mismas pastillas de hierbabuena y las calcomanías. Alcanzaron justo a darles a todos.

"Era difícil distinguir quién había comido demasiados panecillos y quién simplemente quería una calcomanía," maulló la doctora Kitty Cat cuando iban camino a la gati-ambulancia.

"Todos querían una de tus calcomanías, pero también creo que todos comieron demasiados panecillos."

"Tú también comiste muchos," dijo la doctora Kitty Cat. "¿Cómo te sientes?"

"¡Bien!" rechinó Cacahuate y saltó arriba de la gati-ambulancia. "¿Y tú?

La doctora Kitty Cat no dijo nada y miró a Cacahuate con una sonrisa incierta.

Capítulo Seis

La gati-ambulancia iba con paso traqueteado por las angostas calles de Pueblito alegre. "Más mucho más despacio que de costumbre," comentó Cacahuate.

"No hay prisa cuando vamos de vuelta," maulló la doctora Kitty Cat. "Es bueno tomarse las cosas con calma."

Se tapó la boca con una de sus patitas. Sus bigotes se sacudieron.

"¿Te sientes bien?" le preguntó Cacahuate a la doctora que conducía con cuidado la gati-ambulancia por la curva del estanque. La doctora Kitty Cat se aclaró la garganta.

"Mi pancita está un poco inquieta," confesó. "Pero tal vez solo son los baches del camino y no tiene nada que ver con los panecillos."

Cacahuate no estaba seguro de creerle. No quería admitirlo pero él también estaba empezando a sentirse un poco mal. Pasó saliva con dificultad cuando la gati-ambulancia rebotó sobre el puente de madera y frenó con un escándalo afuera de la clínica de la doctora Kitty Cat.

Era hora de guardar el equipo de las sonrisas brillantes. Cacahuate dobló con

cuidado la pantalla y llevó la silla del
dentista hacia una esquina.

"Fue otro día muy ocupado," rechinó
Cacahuate. "Vimos muchos pacientes."

"Y también muchos panecillos," maulló la doctora Kitty Cat mientras se inclinaba y abría su bolso. Sacudió su cola rayada.

"Más panecillos," gimió cuando sacó el regalo de Daisy. "¿Quieres uno, Cacahuate?"

"Lo guardaré para mañana," le dijo Cacahuate a la doctora Kitty Cat. "¡En estos momentos más bien quisiera una de tus pastillas de hierbabuena!"

"Eso es muy buena idea", maulló la doctora Kitty Cat. "Hay una caja nueva de pastillas en el armario. Creo que yo también voy a tomar una."

Cacahuate y la doctora Kitty Cat se sentaron en sus sillas y chuparon sus pastillas de hierbabuena.

"Eso se siente mucho mejor," suspiró Cacahuate.

La doctora Kitty Cat sacó su tejido de su bolso.

"Hiciste muy buen trabajo hoy," la dijo a Cacahuate, al son del 'click-click' de sus agujas de tejer. "Hubo un momento en el que no sabía lo que le pasaba a Daisy."

"Yo tampoco sabía," admitió Cacahuate, "hasta que me puse a contar sus panecillos."

"No me gustaría contar cuántos panecillos probamos el día de hoy," murmuró la Doctora Kitty Cat.

"Al menos ocho cada quien," le dijo Cacahuate.

"Eso es demasiada azúcar para un solo día," declaró la doctora Kitty Cat. "Es la principal causa de las caries dentales".

"¡Eek"! rechinó Cacahuate. "¡Yo no quiero que se me caigan los dientes!"

"No temas, Cacahuate," le dijo la doctora Kitty Cat. "Tus dientes no se caerán si los limpias con cuidado."

Cacahuate dio un salto. "Voy a ir a lavarme los diente ahora mismo," rechinó.

La doctora Kitty Cat dejó su tejido. "Yo también," maulló. "Y de esa manera, ¡los dos cuidaremos de nuestras brillantes sonrisas!"

Fin

¿Qué hay en el bolso de la Dra Kitty Cat?

Estas son solo algunas de las cosas que la doctora Kitty Cat siempre lleva en su floreado bolso de doctor.

Espejo dental

La doctora Kitty Cat usa su espejo dental para examinar los dientes y encías de sus pacientes. Su largo y delgado mango es muy útil porque le ayuda a ver por dentro de las bocas de sus pacientes.

Gel refrescante

Cuando a sus pacientes les duele la boca, la doctora Kitty Cat les dice que se pongan con cuidado un poco de gel refrescante en el lugar que les duele. El gel ayuda a que no se inflame y quita el dolor. También tiene antiséptico, que detiene las infecciones y hace que sane en menos tiempo.

Venditas

Las venditas son tiras de un material que se pega y se usa para cubrir las cortadas y los raspones, para proteger las heridas y para que no les entre la mugre. Tienen muchos dibujos distintos, como estrellitas y mariposas, pero las venditas favoritas de Cacahuate son las que tienen dibujos de patitas.

Pastillas de hierbabuena

Las pastillas de hierbabuena son muy buenas para curar los dolores de panza. La doctora Kitty Cat siempre trae pastillas en su bolso para esos momentos en los que siente que comió de más, porque sabe muy bien que la hierbabuena relaja los músculos de la barriga.

Si te gustó Daisy la Gatita, este es un resumen de otra de las aventuras de la doctora Kitty Cat:

Doctora Kitty Cat al rescate: Lilly la Perrita

En esta ocasión la doctora Kitty Cat ayuda a una pequeña perrita llamada Lilly que está muy preocupada porque cree que no se sentirá bien para participar en la competencia deportiva 'Premios y Patitas'...

"¡Es… es que me comí una de tus cosas! Lilly levantó la cabecita y vio a los ojos a la doctora Kitty Cat. "Traté de escupirla pero no pude —y tampoco me lo pude tragar. Desde ese momento no he podido comer nada y tengo mucha hambre…"

"Sentir hambre hace que duela mucho la pancita," dijo Cacahuate con empatía. "Eso explicaría por qué te duele la barriga."

¡Otros títulos de la colección que no te puedes perder!

¡al rescate!
Rosy la Patita

Jane Clarke

Uranito

¡al rescate!
Lilly la Perrita

Jane Clarke

Uranito

¡al rescate!
Trébol el Conejo

Jane Clarke

Uranito

"Tenemos que ver por qué no puedes tragar," maulló la doctora Kitty Cat. "Tengo que revisar tu garganta, Lilly. Abre la boca muy grande…"